蒙昧集

野間明子

七月堂

装画・梅崎幸吉

目次

シャロットを過ぐる時、いずくともなく悲しき声が、左の岸より古き水の寂寞を破って、動かぬ波の上に響く。「うつせみの世を、……うつつ……に住めば……」

『薤露行』夏目漱石

蒙昧集

釘

夢のあいだでその人はまだ新しい釘を失くした。掛蒲団を何枚もめくって鈍く光る釘を捜した。散乱する家財道具の隙間に釘が一本落ちているので私はその人を手招きする。その人がぎこちなく体を曲げて釘を拾うとき焦げた髪が触れた。釘は錆びていてその人が捜していた釘ではない。その人は魘れて眠った。どこからか見つけ出された釘をかざしてその人が走ってくる。私は逃げなければならないだろう。鈍く光る短な尖ったものに脅かされて起きているあいだじゅう死物狂いで走りつづけなければならないだろう。

眼

眼が開かれる。誰も知らなかったというわけにいかないだろう。説明はし尽されてあったのだ。私達の前に幾通りも。

眼が開かれる。朝からそういえばそうだったはずだ。昨晩脱いだ靴が見つからなかったり、ガスコンロにかけた薬罐が焦げていたり。だが朝とは多かれ少なかれそのようなものであり、現にその日誰一人、一日の行動を変えようとした者はなかった。まだ眼は開かれてないのであり、その時眼の前にないものはいつでもどこにでもないのである。

眼が開かれる。私はといえば物干のコンクリートの庇に細いひびが入って、雨など降らないのにどこからか沁みてきた水が滴るので気になってならなかった。それでもうまく水滴を避けて洗濯物を全部吊し、そのうえ蒲団まで干して出掛けたのは陽が翳るまでに必ず帰る自信があったのか、あるいはもう決して戻らない確信があったからではないか。

眼が開かれる。いずれにせよその日の一行が敷物を担ぎ、鍋釜を捧げて集合場所を出発した時、私はほとんど機械的に探し始めたのだ。そうであることの明らかな徴を。そしてその時、遅い午前の風のない空にはアドバルーンが光っていたし、石垣の間を抜けていく路地では鵯が尖った聲をたてていた。どちらを向いてもなんと簡単なことであろう。一瞬の後には全てが現れる。だがその瞬間まで、一切は注意深く覆われていた。

眼が開かれる。いつまでも開かれていた。先頭の一人が膝から畳まれるようにして崩れ、抱え起してみると息がなかった。どこにも損われた痕がなくてきれいな死体。私達はようやく見えてきたものをよく見ようと、肩の荷を下ろして立ちつくす。だがどんな説明を思い泛べるべきだろうか。つまり何を確かめるために。

眼が開かれる。次に私達は、うやうやしく敷物を広げて鍋の蓋を持ち上げた。するとまさしくそうであった。一つの眼がぽっかりと開いて、見ていた。その眼を見返すとあらゆるものがあるのだ。エレベーター。靴べら。ななかまど。なおも捜そうと覗き込む視線を吸いとるように、瞳孔が絞られて鵯が尖った聲をたてている。それから二人目のきれいな死体が横たわった。

私達は、眼に背いて走りだした。あたかも避難するかのように。眼は、ぽっかりと開いていた。あたかも見逃そうとするように。開かれた眼の表面をあらゆるものが通り過ぎる。灰皿。ガードレール。時々、何かを見つけたように瞳孔が絞られて何人目かの死体がきれいに横たわる。鵯。

私は、眼に背いてゆっくり歩きだした。あたかも唯一人逃げおおせるかのように。眼は、ぽっかりと開いて見ていた。眼は、ぽっかりと開いて見る。あらゆるものにまみれて私の背中が遠ざかる。コインパーキング。眼は、見つけるだろうか。眼は。どこからか沁みてきた水に潤んだ瞳孔がくと絞られて、尖った聲が。

傘

さっきから、私の前を傘もささずに歩いていく人がいる。白くし吹く雨のなかで、その人の背中は木なのか石なのかわからないほど濡れている。私は傘に入れてあげようと思った。私の傘は大きくて黒いから、誰が入ってきても濡れたりしないだろう。

私はすぐその人を追いかけた。その人は私に気づかなかったので、私が追いつくのを待たないで先へ、先へ歩いていく。私は急いでその人を追いかけた。その人が急ぎ足で先へ、先へ歩いていくので、私はもっと急ぎ足で追いかけた。

もう、ほとんど駆け足だった。白くし吹く雨が斜めに傘のなかへ降りこんだ。私はその人に待ってくださいと呼びかけたが、その人の名前を知らないので、その人は自分のこととも思わず駆け足で行ってしまう。

私は懸命に走った。どうしてもその人に追いついて、私の傘に入ってほしかった。その人の背中の方へと傘をさしかけて走りつづける。ところがその人の背中は、私が腕いっぱいに伸ばした傘がほんの一、二歩、届かない雨のなかで木なのか石なのかわからないほど濡れつづけるのだ。私は息が詰まり、白くし吹く雨に目も鼻も口も塞がれてとうとう転んだ。大きくて黒い傘が地面を走る。その人はぴたりと立ち止ると、目の前に現れた傘を高々と頭上に翳して再び私の前を歩きだした。

白くし吹く雨のなかで、膝をついた私の体が木なのか石なのかわからないほど濡れていく。その人が行ってしまうと、あとは誰も通らなかった。

帰郷

　私の聞き違いでなければ男達二人は、その昔、力を合わせて大層な手柄を立てたことがあるはずだった。その二人が今宵、何十年ぶりに会ったのだろうか。男の一人は若い頃とは見違えるほど太って、禿げ上がった額に団栗眼をきろきろさせている。色男だったというもう一人は相手以上に老けて、ひょろりとした背中を丸め髪も眉も真っ白だ。

　まだ部屋の外に夕焼が燃えていた時刻から、男達は食卓について飲み食いしている。団栗眼の男は白いきれを涎掛のように襟首に巻きつけ、まるで急かされるように片っぱしから料理を平げる。猫背の男は食べることは食べるが、相手の盃に酒を注ぎ足し、肉や野菜をつまんでかれこれ言い、食卓が寂しくなるとどこからか湯気の立つ盆を捧げて現れるのに忙しい。してみると、ここは自分の家なのか。なおよく見ていると、猫背の男は食べる暇には実によく喋る。目の前の食物の話から目の前にない食物の話、この世にありとある食物の話、かどうか知らないがしきりに冗談を言い、言い終わらないうちに自分から噴き出しながら。

団栗眼の男はなかなか笑わない。猫背の男が勧めようが勧めまいがお構いなしに、手近な皿から遠くの皿へ弛みなく食べつづける。右手で食べながら左手で放り込むように酒を飲む。旨いとも不味いとも言わない。きろきろした目玉が食べれば食べるほど剥きだされていく。

料理があらかた出尽した。大きな鉢に巨大な蟹の、蝦の殻、貝の殻、鳥や魚の骨が堆く盛られた。猫背の男が、ここぞとばかりとびきりおかしい冗談を言う。団栗眼が飛び出さんばかりに見開かれ、顳顬《こめかみ》に血管が現れる。猫背の男は鉢を抱えて跳び上がり、笑い転げながらあたふたと出ていった。

台所で、猫背の男と女房とが低い声で話している。流し台に、食い残しの大きな鉢と苦い清々しい香りの葉の束がある。そのほかにはなにもない。あれだけの御馳走をどこで調えたのか、戸棚はガランと冷たい口を空け、一つきりのコンロは煤と埃で真っ黒だ。猫背の男はもう笑わない。昔から、不要なことは一切しない。低い声で、段々早口に、しまいに女房の肩を荒々しく小突いて戻っていく。

いつのまにか部屋の外は暗く、深夜の静けさだ。再会の歓び尽きない宴の終りに女房が、真新しいテーブル掛と小さな盆を提げて登場する。テーブル掛を取り替えて、男達の食卓に花弁のように茶碗を配る。古いテーブル掛を脇に挟むと伏目になって退く。今はどちらも黙りこくった二人の男は、ありし日の交りを思い起こすかのように顔見合せ、温かな茶碗を掌に包んで、満足りた腹に最後の一杯を流し込む。

いつまでも部屋の外は深夜の静けさだ。今夜は風もなく星も瞬かないだろう。ここだけ電燈が点きっぱなしの部屋で、真新しいテーブル掛に頭を埋めてかつての英雄が二人、眠りこけている。二人の口から苦い清々しい香りが溢れて白いきれを浸している。遠くの廊下で錠前の音がする。

女房は錠前を下ろして歩きだした。なにか花束のようなものを胸に抱いて、伏目になって歩いていく。私はついて行くべきだろうか。もちろん、私は女房と一緒に駅に着き、切符を買って列車に乗った。料理に疲れた女房が目をつむると鼾をかきはじめるのを見届けた。よく見ると、女房は案外、若い女のようでもある。

朝になって列車が着いたのは、海に半ば突き出して、五月になるとどこの庭にもアネモネが首のように咲く土地だった。改札口もない無人駅の階段を下りると、女房は処女のような足どりで一本道を歩きはじめる。こんな絵か風景を、たしか一度だけ見た憶えがある。思い出しかけた時、今は頭を高く上げて歩いていた乙女はふり返り、苦く清々しい香りの束を私の鼻先に押しつけるのだ。

月航

子供は不意と目を覚ます。どうしたのだろう。この緑色はなんだろう。ゆうべはいつものように電燈を消した部屋の薄い寝床にもぐり込んだのではなかったか。

子供は目をぱちぱちさせて寝床の上に起き直る。枕元に垂れた古い水甕模様のカーテンをめくる。流れ込むこの緑色はなんとしたことだ。部屋の壁にも、天井にも水影のように揺らめく斑模様を落として。

子供は膝をついて窓の外へ身を乗り出す。黒くきらめく夜の正面に月が照っている。思い出した。海。父が不在の家は際限なく海に面しているのだ。円い月の引力にあつめられて、夜の水は今夜この窓の下に打ち寄せる。揺らめく緑の斑模様に電燈を消した部屋を濡らし、眠る子供を目覚めさせ、用意させた。

耳をすますように眼を凝らす。黒くきらめく夜を押し開いて現れようとするものがある。たしかに起きて、待っていることだ。逃がさないように。遅れないように。

はっと気がついてふり返る。斑模様の部屋のむこうに電燈の光が漏れている。隣の部屋でおそらく母は手仕事をひろげている。口を半分あけて（遅れないように）もう一度、ふり返る。

黒くきらめく夜の正面に、月が照っていた。遠く、遠くから夜の水を押し開いて船は現れた。月そのもののように柔らかく輝き、音のない響きをこだまさせて。なめらかに、快い速さで進んでくる。まっすぐここ、この窓の下へ。耳の奥で鳴っている索具のきしり。足裏に伝う甲板のかしぎ。鹹水《しおみず》の匂。くる。窓を乗り越え、息をふさぎ、胸を詰らせて。

船は、停まらなかった。子供の体を通り抜け、電燈を消した部屋を突っ切って、遠く夜を閉じて姿を消した。海が部屋に溢れ、子供を溺らせ、砂と千切れた海藻を残して引いていった。

父が不在の家はいつまでもカーテンを閉め忘れている。薄い寝床の上で子供は鹹水の跡をつけた目を閉じている。黒くきらめく夜の正面に月は照りわたり、斑模様の部屋のむこうで電燈がようやく消える。手仕事をしまって、母が入ってくる。

下手人

小供に戸外運動をさせるべきだというので、私は手をつないで隣町まで行くことにした。（そうするよう勧めたのは母と兄である）磨滅った石畳の長い坂道の、ごく低いあたりまで霧がおりている朝だった。

私は小供に帽子をとってきて、紺色の靴をはくよう言いつける。「これからあたしと一緒にお散歩に行くんですよ。あなたの健康には運動が必要なのよ」

小供は、いらいらするほど緩慢な動作で毛糸の帽子を耳まで被り、靴のスナップを片方ずつ押さえた。支度がすむと黙って私の前へ立って私の顔を見上げる。いくつになっても、ものを言わない小供だ。「靴をはいたら、さっさと外へ出なさい。あたしが手をつないであげますけどね、ぐずるんじゃありませんよ」

――ワタシハナニモコワガラナイ　アナタガワタシノテヲヒイテクレル――

もちろん小供はなにも言わない。（口々に早く出発するよう急きたてているのは母と兄だ）石灰色の湿った外気のなかへ踏み出すと扉が閉まり、閂がおりた。

私は小供の、ほの温い手を握って歩きだす。小供は背が低いので、私と手をつなぐと半分爪先立ちになる。脚が短いので私が大股に歩くとつんのめりながらついてくる。私は小供に言いきかせなければならない。「早足で歩かなければ、運動にならないのよ」

霧の下にどこまでも敷きつめられた冷たい石畳。隣町はこの坂を道なりに歩いていきさえすればいずれ着く。それにしても、足手まといの小供を従えて滑りやすい石の上を長々と上り続けなければならないとは不公平だ。（このことを当然のように母と兄は勧めた）霧の肌を透かして沈んだ色調の建物が、立ちはだかる塀のように左右に並んでいる。

路地の奥で洗濯物を干していた女が腰をのばしてこっちを見た。黄色いジャンパーの自転車の男がすれ違いざま振り向いた。窓の内側で老人は眼鏡を拭く手を止めた。赤ん坊を負ぶった若い母親が戸口へ走り込んだ。通りに面したいくつかのテラスでカーテンの襞が動いた。

私は小供に言いきかせなければならない。「よそ見するんじゃありませんよ」そして小供の手をきつく握りしめて足を速めなければならない。

もちろん小供はよそ見しない。息をはずませてよたよた走りながら、時々、私の顔を従順な愛玩動物のように見上げる。

――ワタシハナニモコワガラナイ　アナタノナスコトハスベテヨイ――

小供はなにも言わない。あたりまえだ。私が小供に悪いようにするはずがない。私は万力のようにしっかりと小供の手首をつかんで石の道を進む。

町中の人々が、小供の戸外運動をじゅうぶんに知ったと思われる頃、犬が放された。

飢えた犬どもは互いにいさかいもせず、まっしぐらに小供に跳びつき、食い切った。片腕を万力にはさまれて宙吊りになった小供は、下半身をしたたか抉られた。白い骨の上を赤い血が伝う。私がようやく犬どもを逐い払うと、小供はさすがにぐったりとなったが、うっすら目をあいて私の顔を見上げた。私は小供を宥め、言いきかせなければならない。「ひどい目に遭ったこと。隣町へ着いたらあたしが赤チンを塗ってあげますからね。うるさいから泣くんじゃありません」

――ワタシハナカナイシイタクナイ　アナタガワタシニアカチンヲヌッテクレルアナタハワタシノヒゴシャデアル――

小供は泣く元気もなく、なにも言わない。

小供はまともに立てないので、私は小供の脱臼した腕を高々と吊り上げて、小供の青ざめた上半身と真紅の下半身とをぶら下げ、血の足跡を残して坂道を上った。町中の人々が戸口で、窓辺で、庭の隅で固唾を呑んで見守るなかを、滑りやすい石畳に歯を食いしばって上り続けた。小供はうっすら目をあき、うっすら口をあけて、もう私を見上げることもなく曳きずられていった。

――ワタシハナニモコワガラナイ　アナタハワタシノヒゴシャデアル――

どこかの壁の後ろで母と兄が、昼食の魚について話している。もっと遠いどこかで犬どもが、それぞれの鎖につながれる。

T

Tです、と名乗って探偵が訪れたとき、私はわかりました。この人は知っています。全部、わかっています。見届けに来たのです。そして、にもかかわらず私は、このことに最後まで抗するでしょう。

Tはとても慇懃に、まるで奥様にするような会釈をして私に案内を乞いました。Tが頭を起こすと穏やかな真面目な目がまっすぐ私を見て、容赦なく結ばれた口元がなにも言わずに私を促すのでした。

私は目を伏せて、重い鍵束をガチャガチャいわせて広い屋敷を案内してまわりました。曇った午後の輝きのない明るみが、厚いカーテンに縁どられた窓から入ってうそ寒くそこいらを照らしています。人気のない幾つもの部屋の扉を久しぶりにあけると、長く顧みられなかったものたちの匂がそっと立ちのぼり髪や服の裾にからみつくようです。Tはコツン、コツンと歩いて私の前へ立ち、室内をひとわたり見渡すとまたコツン、コツンと戻って、奥様にするように慇懃に会釈しました。Tが頭を起こすと穏やかな真面目な目がまっすぐ私を見て、容赦なく結ばれた口元に促された私は目を伏せ、重い鍵束をひとつ爪繰って次の部屋へ案内するのでした。

どの部屋にも奥様の遺骸はなく、つい先日まで生きて暮らしていた温もりもなく、ただがらんとしてものたちの匂を澱ませています。けれどもTはまるでそんなことには頓着なく、そもそもはじめからほかのことに興味はないように穏やかで真面目な目は私を（私だけを）見ています。容赦なく結ばれた口元はなにも言わずにあのことを（あのことが顕れるのを）辛抱づよく待っているのです。

うそ寒く曇った午後の輝きのない明るみに照らされて、幾つも、幾つもの部屋のあらかたを案内しつくした私にもう、なにが残っているでしょう。あのことをなくするために私に許されていることはすでになく、残っているといえばチョコレートがまだ一粒、エプロンのポケットに入っているきりです。埃とも思い黴とも思えるものたちの匂に幾重にもからみつかれて、辛抱づよく待たれたあげく私は、もうどうにもチョコレートの銀紙をむしって口に入れたのでした。

Tは、厚いカーテンに縁どられた窓からうそ寒い午後の外を眺めているところでした。ふり返ったとき、容赦なく結ばれた口元が緩んで真面目な顔が微笑しているように見えました。もう会釈はせず私に歩み寄り、もう目を伏せない私を抱き寄せ、抱え上げて階段を上っていきます。

私がまだ案内していない最後の、あの部屋の扉をあけ放ち、大きな寝台の真新しいシーツに私を横たえました。そのまま傍に座って私を見ています。いい娘だね。よくやったね。ああこんなことだけにはならないようにと。だが今か今かと待ち受けていたこのことを。Tは私の手を大きな両手につつみ、Tの微笑して見えるなにも言わない口元が私の間近に、穏やかな目はいよいよ穏やかに私を（私だけを）見守って。こうして私は、なにかあのことをTに知られている償いに、若い命を自ら死んでいくのです。

船出

そろそろ、出掛けようではないか、君、わが友よ。

二〇××年某月某日、太陽は水平線を破り岸壁に船が繋がれている。

ゆっくり歩いていこうではないか。

そこかしこの窓の開かない建物の陰から同じ目的に招かれる人々が三々五々、現れてはこの大通りの人波に加わる。追い抜いたり追いつかれたりして過ぎる。やあ、そぞろ歩く隊列の間で知合いといえば、君と私だけになったな。

なにも急ぐことはない。いつのまに配られたのか私の肩に、君のなだらかな肩にも黒く重い銃身が載っている。道理で前のめりになるわけだ。ずいぶん大きな口径じゃないか。華奢な君の手首ならすっぽり納まってしまうよ。

君はふざけて銃を構え私の胸に圧しつける。どこで習ったか安全装置を外すことも知っている。長細い陥穽の両端でふたつの心臓が躍る。よしておきたまえ。スーツにネクタイじゃ、所詮さまになりはしないんだから。

車がしきりに流れる音。向うの通りでは今朝もラッシュが始まるらしい。駄目だろうな、と私の口が動いたので君はえ、というようにこっちを向く。今度ばかりは、とても生き残る自信はないよ。（あるいは、この声は君か）

だってそうだろう、友よ。私達が駆り出されようとしている戦争は、障害物ひとつないコロシアムに囲い込まれて、サイレンを合図に誰彼の別なく弾丸の限り撃ち合うという、この上なくばかげた代物なのだから。いや、そうじゃない。誰がどう配り歩くのか弾丸は常に弾倉に充ちていて、最後の一人が取り残されるまで撃ち止むことがならないのだから。君が私を、私が君を手にかけるのはいつのことだろうかね。

私達は死へと、そして殺害へと着々と進んでいく。

そら、風に汐の匂がする。鷗も鳴いているぞ。もう、すぐそこなのだろう。私達が乗り込む輸送船。巨大なひとつの監獄に似た、黒々と取りつく島のない。

よく見れば、聳える鋼の船腹いちめんに薄く白くびっしりと黴が生えている。黴のようにみっしりとフジツボが貼りついている。黴のようにフジツボのように隙間もなく犇いているのは、顔だ。私が生れてこのかた見識ってきた人達が、今朝の私を見送りにきたのだ。

銃をどさりと足許に下ろして、私の隣で君の眼が食い入るように船腹を見ている。君にも見えるのか、私の旧知の人達が。

いや、君には君の人達が見送りにきているのだ。君の両親や、君の伴侶や、飼っていた犬までが黒い穴のような口を開け、もっと黒く落窪んだ光のない眼を見開いて、風前の灯のように泛んでいるのだ。

もう決して会わなくなるだろう出発を前にして、なんという無言、なんという無動、なんという無頓着。もはや手の施しようがないからにはすでに世界を分かっているのだと。私の両親、私の伴侶、飼っていた犬までが。

しまいに、銃を担ぎなおした君が一歩踏み出して私の前に立ちはだかり、顔達に背いてこう言うだろう。君が私に斃される前に、私の口に口づけを。

ご覧。

私達のまわりでは、早くも殺し、殺されゆく兵達が手をとり合って、次々に船へ乗り込んでいく。

蛞蝓《なめくじ》神社

帰り道に怖いものを見ていかないかというので、天神様の細道へ出た。お社の裏へ回ると開かずの扉があって、太い閂が差してある。案内した一人が言うには、なに文字通り開かない扉、なにしろ八百年前に差された閂はすっかり錆びてほら、このとおり——するすると開いた。

拍子抜けした私達の前へ、ゆっくり流れ出したものがある。なにか薄黄色い、卵液のようなもの。縁に血の滲んだ。八百年間、御神体の名のもとに闇の奥深くしまわれていたもの。

ぬめぬめと粘り、輝きながら、同時にさらさらとあたりへ拡がり溢れた。拡がっても、拡がってもあとからあとから際限なく流れ出、隙間なく地表を覆おうとする。私達の、足の踏み場がないほどに。
そう、足の踏み場がない。うっかり片足を踏みこんだ一人は、たちまち爪先から
とろとろと溶けていった。天神商店街のあちこちで、善男善女の悲鳴が上がった。
我勝ちに逃走が始まる。親の腰を突き転ばし、子の腹を踏みつけて、屋上へ、電柱
へ。ところが卵液は、平地に薄黄色く拡がりつくすばかりか、高低を問わずものの
表面という表面を舐めてゆくではないか。
一体、我々はどうなるのだ。人類は蛞蝓と化してしまうのか。
誰か、役に立つ言葉を知らないか、と案内した一人が叫んだ。荒ぶる御神体に呼
びかけ、慰めることのできる役に立つ言葉を知らないか。叫びながらぐるりと見渡
す視線が、私の上に落ちる。そうか、あんたが知っているというのか。
私はどきっとして思わず立ち上がった。すぐに、隣にいた一人がほとんど引摺る
ようにして案内人の前へ突き出した。善男善女の厳しい視線が私の背中に集まる。
唯一の罪人である私を、糾弾するかのように。
案内人は、分厚い白紙の束をとり出して私に突き付けた。知っていることを正直

に記せという。滅相もないこと。私がなにを知っているというのか。私がとてもそんなことはできない、と言うと、この期に及んでまだ言い抜けるのか。それとも、次はあんたが蛞蝓になりたいか。

弁明の文句を捜しているうちに、無理矢理鉛筆を握らされていた。もとより私が、なんの役に立ちそうな、御神体のお気に召しそうな言葉も知るわけがなかった。私の頭の中は、目の前の白紙以上に真っ白だ。その私の周囲を、殺気立った善男善女の群がとり巻き私の一挙一動を注視している。息を吸うたびにその密度が高まる。なんでもよい、肝腎なのは文字が書かれることだ。

それにしても、切羽詰るとは恐ろしいものだ。なぜなら私は、およそ言う者にとっても、言われる者にとっても、常に、いかなる場面においても最も役に立つまいと思われる言葉を書いてしまったのだから。

私は、ほとんど白紙のままの分厚い紙の束を案内人に突き返した。なるようになるがいい。どうせ遅かれ早かれ、一切は蛞蝓と化すのだ。

案内人は、私が書いたいくつかの文字を一瞥したが、そのまま開いた扉の奥へ入っていった。私をとり囲んだ善男善女が後に続いた。薄暗がりのなかに、かつて参詣人達が納めていった夥しい動物のつくり物——たとえば招き猫、張子の虎、括り猿——が埃をかぶり、蜘蛛の巣にたかられて打棄てられて並んでいるのだった。

案内人がそれらの前へ、うやうやしく紙の束を置いた。長い時間が過ぎた。しまいに、私達が諦めかけた時だ。一個の土の狐の眼が光って、こう言うのが聞こえたのは。

我々は今や、ひとつの言葉を得た。お前達、男や女や子供や年寄の手から、その言葉を得た。それは我々のものとなった。それ故、我々はお前達が我々に為した数々の害悪をも赦す。

言い終わるが早いか、あたりは真の闇だった。やがて、靄が少しずつ晴れるように天神商店街の明りが浮かび上がったとき、私達はがらんとした駐車場のまん中に立っていた。目を凝らすと、隅に塗の剥げた小さな鳥居があった。駐車場の外では善男善女が欠伸を嚙みころして普段の振舞をくり返している。

肩を叩かれてふり返ると、案内人が——あの、あらゆる騒動の発端となった一人が、涼しい顔で尋ねたものだ。あんた、いったい、なんと書いたんだい。

私は呆れて、案内人の顔を——縁に血の滲んだ——まともに見た。それから、ゆっくり口を動かして言った。

あなたは、とても、可哀相だ。

問診

かさぶたに最初に気づいたのは主人でした赤ん坊の顎のここのところにまるでお面のように貼りついているのを寝かしつけていて見つけたのですなんだろうこんなところへ怪我させたはずないがと思いつつ指でそっと触るともうすっかり乾いていたとみえてぺろりと剥がれピンクの新鮮な皮膚がのぞきました赤ん坊はべつに厭がりもせずそのまま寝入ったといいます
二度目はそれから何日かたって今度は私が見つけました赤ん坊の顔をおしぼりで拭いていると額際のここのところにまるでお面のようにへばりついていたのですなんだろうこんなところへ怪我させたはずないがと思って爪でそっとつつくともうほとんど乾いていたとみえてぺろりと剥がれピンクの新鮮な皮膚がのぞきました主人

に見せるとなんだ無理すると痕になるぞと言いましたがべつに無理ではありません赤ん坊は頭を少し動かしただけでそのまま寝入りました
それからは時々お面のようなかさぶたが赤ん坊の顔に現れました最初と同じように顎のここのところだったり頬瞼鼻の頭に乗っかっていたこともあります大きさもほくろぐらいから手のひらぐらいまで色々です一度赤ん坊の顔半分を隠すほど大きなやつが現れたときはさすがに素人の手に負えないかと思いましたが木綿針をよく焼いてそっと起こすと案外あっけなくぺろりと剥がれピンクの新鮮な皮膚がのぞきました赤ん坊は体をくねらせていましたがべつに厭がりはせずやがて寝入ってしまいました
さて昨夜のことです赤ん坊に添寝して子守唄をうたっていると赤ん坊の眉間のこのところにかさぶたがまるでお面のように貼りついているのが見えましたあんなところにみっともない剥がしてやらなければと思いつつうとうとして気がつくとどうでしょうかさぶたは赤ん坊の顔半分どころか額から顎までびっしり覆っているではありませんか

私が大きな声を出したので主人も起きてきました主人はどうしてこんなになるまで放っておいたんだと言ってさっそく手を洗ってかさぶたを剥がしにかかりましたがまだよく乾いていないのかなかなか剥がれません私は針箱を出しましたが木綿針はおろか布団針でも歯が立ちません主人は物置から釘と金槌をとってきました私が無理すると痕になるわよと言いましたが主人はそんなこと言って体じゅう拡がったらどうするんだ赤ん坊は痛覚が発達していないから少々のことで泣かないよと言ってかさぶたの真ん中眉間のここのところへ力いっぱい釘を打ちこんだのですそうしてざっくり割れた穴に指を突っこみさらに鑿やら錐やらでさんざんつついたあげくどうにかかさぶたを剥がすことに成功したのでした赤ん坊ははじめじたばたと動きましたがしまいに大人しくなりましたところが本物のお面のようにぺろぺろと剥ぎとられるかさぶたの下にはピンクの皮膚どころか赤黒い血でいっぱいの肉の穴がぽっかりと口をあいていたわけです私は主人にだから言ったじゃない顔がなくなってしまうなんてみっともないかさぶたでもついていた方がよかったと文句を言いました主人はそんなこと言ってだいたい居眠りするからこんなことになるんだと言い

返しましたそして言い合いしながらお面のようなかさぶたのまだなんとか使えそうなところを切りとって赤ん坊の上へ並べてみたりしましたがもともとみっともないかさぶたですからうまくいきようがありませんもうしようがないので私達の顔を分けてやることにしました私は赤ん坊は男だからまずあなたの顔をやりましょうと提案しました男の子は母親に似ると良いというそうですがそれは黙っていましたそしてさかんに暴れる主人の左目に錐を突き立てぺろぺろと剥がしてお面のように赤ん坊に被せましためっかちですが何もないよりよほどましに見えましたそこで血の海を拭くために雑巾を絞って戻ったところいつのまに息をふきかえしたか顔のない主人が錐を構えて待っていて次はおまえの番だと叫びつつ力いっぱい私の右目に突き立てたのだというわけです

沼

明け方　沼から首のない男が上がってくる　右手に重そうに斧を提げている　灰緑の泥を全身に纏わせて　鋼のような肉体の　温かな血の蒸気をたちのぼらせて　男が誰かわかる　首がないので　ないことが懐しくいとおしい　願っていたとおりの姿で　膝まで泥に埋まって歩み寄る　斧から滴る雫　ない首が健やかな歯をみせて笑いかけ　汗に目をしばたたいて　ない首が　願っていたとおりの姿に腕を巻きつけたしかめよう　ほんとうにそうだったかと　うすく靄って　もうこのままでよいのに　灰緑の匂に満ちた水辺にどんより明るい朝がくる　斧から迸る雫　むせかえる血の蒸気をたちのぼらせて　泥の底に首と胴とはゆっくり沈んでいく

パレード

行列はどこまで進むのだろう　通りの両側にはわたしが生れてから昨日までに出会ったたくさんの人たち　拍手を浴びせるでもなく目の前を過ぎていくわたしたちを見送る

あなたはわたしの左脇にぴったり寄り添い今にも肘が触れそうだ　傍目にはたぶん手をとり合って進んでいくように見えるだろう　本当にそう見えるだろうか　二人がまるで一人のように二本の腕が組み合わさるように

いったい何人くらいの人が行列に加わっているのだろう　わたしたちの前に花飾を捧げたり花弁を撒いたりして進む人たち　後ろには（後ろをふり向くのは容易ではない）後ろにこそ通りという通りを埋めつくしてとどまらない人影　あなたと同じ

黒ずくめの正装で　下着のように白い服のわたしに敬意を表して　何の動作もせず
表情もなくこの長い徒歩の道中をひたすら黙々と
どこを出発してきたろう　わたしは一晩昏々と眠り今朝は鶺鴒《せきれい》のように目覚めた
それがどのくらい前なのか（以来一人も知らない人に会わない）階段のことを教え
てくれたのが誰だったか　暗く狭く長い　その入口でわたしとあなたがたぶん初め
て足を止め　燃やせるだけの火が燃やされて黒衣の人たちが続々と到着しこれから
の長い長い歳月をあらかじめ祝ってくれる　という
その時を思うとわたしは凍りつくような期待にふるえる　あなたは待遠しくないの
だろうか　時々沿道の誰彼と挨拶を交したりして　わたしとあなたが生れてから昨
日までに何人も同じ人たちを知っていたとはほとんど意外だ　わたしたちはいつ出
会ったか　わたしたちと同じ目的地を目指すこれら黒い人たちとはいつ知り合った
のか　あなたと同じくらい親しみのない（何の動作もしない）一人だけふり向いた
わたしは下着のように白い服　標的のように　頭に花環　首に花綱　今にも触れそ
うなあなたの肘に支えられ踏鳴らす二列の踵を延々とひき連れて

通りの両側にはわたしたちが生れてから昨日までに出会ったたくさんの人たち　石を投げるでもなく目の前を過ぎていく行列を見送り続ける

後朝《きぬぎぬ》

男と私とは夫婦ではなかったが、二人で一組、ひとかたまりだった。そしてそのことがよくない、離ればなれになるか、一緒にいるなら逃げなければならなかった。

男の友達が病気だったので、しばらく私達はその人の病室に匿われた。だがそのうち病気が治ると、私達はまた行場を失くした。

今朝はもうよその人達がドアをあけ放ち、ベッドのシーツを剥がしにくるという朝、男はベッドに仰向けに寝転んで窓の外を見ていた。久しぶりにカーテンをあけた窓の外は明るい雨で、埃だらけの窓ガラスを染みのような水滴が這っていた。

ねえ、どうする私達と言うと男はうん、と言って黙った。男の足元に腰かけてねえ、どうしようかと言うとうん、と言って窓の外を見ていた。どうするか。どうでも。どこかへ往ってしまってもいいし、逃げ隠れても、そろそろ別れたっていいのだけれど、どっちにしろ、もう、いいことなどひとつもないし。窓ガラスの向う側を薄よごれた水滴が滑り落ちていく。

男の顔つきがなにを言っているかわかるのは、実は私がひそかにそんなふうに考えているのだろう。でもだからって男まで、そんな顔をしていいものではない。どうせいいことはひとつもないにしたって、その前にもう一度抱き合って、緊く縛め合ったまま一日をいたかった。人に見られないうちに出ていかなければならない今朝、そうしていたかった。

私は男の胸に馬乗りになって、男の首筋に顔を近寄せてねえ、おばあちゃんの田舎行こう、と誘ってみる。あすこならバスも来ない山奥だし。行って、幸せに暮らそう。男はうん、と気のない返事をして明るい、みすぼらしい雨を見ている。

私は男の顔をしげしげ眺め、男が今にも私の目を見返してじゃあ、そうするかと言うのではないか。そして逃げかかる私の腰を怒ったように厳しく捉え直すのではないかと。待っている。起こるはずのないことを。そんなにも怯えている。その時が早くきませんように。今つかまえている僅かなものがあまりに早く消えていきませんようにと。怯えながら男の目を引き戻そうと、男の耳に唇を当てて滴るようにかき口説く。ねえ、行こう。行ってずっと、幸せに、暮らそう。

敵《かたき》

目には目を
歯には歯を
胸には胸
腿には腿

殺そうと決めたのは女の方だった。もの言わぬ草食動物のような男の目が（わしの、目が可愛いゆうたんです、と男は弁護士に語った）女にはもう我慢ならなかった。女の部屋から男のものでない下穿が出てきたときなど、男におずおずと問いかけるような視線を向けられて、女はいきりたつあまり口がきけなくなったほどだ。

(言訳ひとつ、するじゃなあですけん)女は男を閉め出した。新しい男を焚きつけて、別れぞこなっている亭主の顔馴染に五十万円握らせた。そして、仕損じた。

救急外来で、ストレッチャーの上の男はもの言わぬ草食動物のような目をいっぱいに見開いて、もげそうな左腕を持ちあぐんでいた。「逃げたんは識合いか」「知らん」「一人か二人か」「見とらん」「どっち側から襲られた」「わからん」「かまいたちに遭うたんでもあるまいに」

呼びつけられて現れた女は、そのざまを見て地団駄踏んだ。医者と警察に愛想笑いしながら、男の甲斐性ないのに涙ぐんだ。(わし、信じれんかった)

入院中、一度だけだが女の亭主とかいうのがやって来て「あんたのお蔭で警察へ呼ばれよる。なした迷惑じゃ」と、ベッドの男をじろじろと睨めまわして出て行った。退院の日、車で迎えに来た女は、女の部屋にまだ残っていた男の持物をありったけ積んできて「ほんま、迷惑じゃ」と、男と一緒に降ろして走り去った。運転席には亭主とは別の男がいて一度もこっちを見ない。(わし、よう信じれんかった)ただもの言わぬ草食動物のような目をいっぱいに見開いて、女の車の中の女だけを見ていた。

当夜。

川端には十八軒の屋台がいつもどおり出て、宵の口からそこそこ賑わっていた。女はちょうど中程の店で焼鳥の串を回していた。男のことも、新しい男も別れぞこないの亭主も——およそ女を面倒がらせる繋累はさっぱりと捨てて火と、脂と、煙草の匂に捲かれていると、女はいつもながらようやっと自分自身を取戻した気になる。女が、女以外何者でもない者として昂揚の極へ達しつつある時——男が入ってきた。

男は他所で呑んでいたらしい。やや調子はずれの声で酒を注文した。左腕をかばいながら、珍しく先客を押しのけるように真正面に陣取り、もの言わぬ草食動物のような目で——ただしあまり定かでない——女の一挙一動を追いはじめた。

女は首筋がこわばった。両手が急にままならなくなった。串を火に突っこみ、客の上着へたれをはねかけ、コップをとり落とした。ついにたまりかねて男とまともに向き合い、吐き捨てるように言ったのだ。

「わたしゃね、今でも殺っちゃろう思うとるんじゃけんね」

男はゆっくり立ち上がる。左腕の骨の中で金属が音を立ててきしみ、歯が浮くような気がした。奥歯を噛んで拳を突きだすといつから握りしめていたのか、牛刀が硬く光った。(わし、よう信じれんかった)

女は悪態をつきながら、客を突飛ばして外へ出た。自分の屋台の周りを三回まわり、隣の屋台へ走りこんで引摺り出され、その隣の屋台にむしゃぶりついて引倒した揚句、集ってきた酔客らが遠巻きにするなか、そこらじゅうに血溜をつくって息絶えたのである。

やすらい花

犬たちが争って食べている　誰かきて逐い払う　破れてしまったので　よく見えないけれど　桃色の紐がのびている　誰かの方へ　犬たちの濡れた足跡の方へ　その紐をくるくると巻きとって　破れたところから返してくれようとする　うまく納まらなくて　温かい紐がつぎつぎ溢れて

桜の花が散る下で　私は仔猫にでもなった気がする　通りすがりの誰かに　しゃがまれ構われて　縺れる紐の束にくるくるとからんで一緒に遊ぶ　飽きるとひとかたまり引摺り出して　千切ってむこうへ放る　犬たちが遠巻きに戻ってくる

桜の花が散る下で　錆びたドラム罐の小さな焼却炉　リヤカーで運ばれてくる半分くらいの量の私　焦げた火搔棒で熱した扉を開けて　これ以上減らないうちに

灰に変えてくれようとする　通りすがりの誰かのふとした親切　薄桃色の花弁を烈しく噴き上げて　めらめらとあまりの眩しさに目を見開く刹那
　安堵したように扉を閉めようとしている　気弱な目鼻立ちをよく憶えておこう
どこまでも繰返したずね当てて　かたみに安らかな夢を占め合うために

此処

此処へきてください　おねがいします　はなしをしましょう　なにか　あなたのすきなこと　聲をきくのはいいものです　近くにいてください　おねがいします　其処はさびしいですから　それにてがかじかむ　わたくしのいる此処はあたたかい
なにかはなしをしましょう　おねがいします　そばへよりませんか　遠慮しないで　肩がさわるくらい　ささやき聲をきくのはいいものです　しめったいきの風がちかぢかとふきよせていきものの唇と肺とをつたえてくれます　耳のおくでまるでじぶんにもやわらかな器官があることをおもいだすのです

どうぞいってください　何処へでも　いつでもすきなようにふるまってください
すわりつづけてあなたは退屈します　用事もすまさなければなりません　ぜんぶあなたはしてください　おねがいします　わたくしをうっちゃっておきなさい　伝票をかぞえてホチキスでとじたり　キャベツを買ってきてきざんだり　ほんとうにあなたはいそがしい

何処ででもそれらのことをして　そのうえは此処へきてください　おねがいします
　わたくしにさわらなくていい　どこかそのへんに　立ったままやすんでいても見上げたり見下ろしたりして顔みあわすのもいいものです　あるかなきかの微笑が皮のおもてをかけってなまめく肉をうずめていることをおしえあいます

そうですわたくしはしっています　あなたは何処へもいきません　あなたは此処にいる　いま其処にあるいっさいをなげうってあなたは此処にいるでしょう　いきたくないからです　あなたのほしいわたくしをあなたは手にいれるのです　あなたは

此処がいい　其処がまがまがしく度しがたいというのに此処はうるわしくしたわしい

そうですこたえてください　つぶやいて聲をきかせてください　いきの風に髪がふるえるのはいいものです　わたくしはときめいています　そろそろと手をのばしてください　わたくしのまがりかどにとどくでしょう　ちからをこめてください　膝をさしだしてください　おねがいします　おねがいします

其処にいませんか　あなたではないのですか　ひとりもですか　いつからいつまでも　おかげで髪はさかまきます　わたくしはときめいていました　腕はふりしぼられるでしょう　腹はなみうちました　しぼりつくしたところから眠くなります　こがれるように　めくれた肉がむらさきに　わたくしのいる此処はものすごい

櫻櫻

櫻の下を歩いている。染井吉野、山櫻、里櫻、緋寒櫻、枝垂櫻、ありとある櫻が咲いている。白から紅までの色あいで。みしりと枝をたわませている。時刻も、天候もわからない。どこからも光が差し込まず、どこからも風は通わない。遮断する花柄の密度。その圧倒的な量の暗さ。にもかかわらず、花そのものが光るのかあたりはぼうと明るんで。

ふと、人影が並んで歩いている。僕のことおぼえてないでしょうと言う。おぼえていなかったが、今、思い出した。イイダ君でしょう。たしか、どこかで会ったイイダ君。同じクラスになったことがない、口をきいたことがない、共通の知合いがいないイイダ君。だから人影は姿かたち定かでなく、ぼんやりしている。でも間違いっこない。そう、僕、イイダです。

顔も表情もわからない人影が微笑む。生きて交ることのなかった人はこうも思い出すと懐しいのか。その人についてほとんど知らないので物語はいくつもいくつも、薄色の花弁となって解けていく。

髪の長いイイダ君はやや首をかしげて、ズボンのポケットに手をつっこんで滑るように歩いていく。櫻の隧道の奥へ、奥へ。ゆるやかに吸い込まれるように滑っていく。あの暗く明るい無空の焦点になにが待ち構えているのだろう。

うっかりすると見失いそうな人影に寄り添って私も歩く。花は頭上から薄く濃く迫ってくる。ひしめきあって時間を閉ざし、蝕のように世界を隠す。隠されるために、歩いていくのかもしれない。生きて交り果した人たちの記憶から。ほとんど知らない懐しさに身を委ねて。すべての蕾をひらいた櫻。まだ一片も散らさない櫻。顔のまわりに満ち、瞳をのぞきこみ、心の裏側を見張る櫻。あらゆる物音と動きを吸いとって、いのちを窒息させる櫻の花の下を。

水路

沈んでいく水の底であなたに逢えるだろうか　頭の上で巨大な鰭がそよいでいる
そよぐ銀色に叩かれて光は粉々に砕ける　夜に月が高く懸かっている

誰にも知られず沈んでいく水の底であなたに逢えるだろうか　多くの人がとり巻いて見ているが誰も実は気づくことができない　見えない水の路へ私が徐々に引き込まれていくこと　指先まで漲った水の匂に促されてより匂の濃い光の薄いある一点へと　この美しい夜に濡れた髪だけを残して

沈んでいくのだろうか　肺呼吸をもはや忘れて　懐しい鰓を備えた時代を再び見出

すだろうか　とうとう立ち上がれなくなった脚を一振りの尾に束ねて　セイレンの聲を獲得する贖いに　泡の音が水面で夜通し弾ける　溺れても溺れても眠ることができない

愛する人が追ってこないことを肯う私があるいは奇妙だ　これは私の水　この潮位は私の領分　私の流れと迸りと汪溢　血の繫りをもってしても手探ることを許さない　ただひとりどこまでも辿りつづけていければよいのだ　この水の路を　あなたに逢うという約束にだけ導かれて

美しい夜を惜し気もなく月は渉る　巨大な鰭がそよそよと退路を閉ざしていく　沈黙がきこえはじめる　あなたのしきりに呼ぶ聲が

逢瀬

白い寂しい明りのように　水の花が咲く庭で私はあなたと逢うはずだった　なにかとても悲しいことがあったに違いなく　心は暗く沈んでいた　とても大切なことだったが　それが思い出せない　手で掬う水が指の間を流れ落ちるように　さらさらと零れてつかまえられない

水の花を泛べて深緑色の植物が　庭のぐるりに植わっている　ずいぶん遠くまでひたすらに　歩いてきた気がする　ずいぶん長いこと立って待っている気がする　私はあなたに逢おうととても急いでいたに違いなく　朝起きたままの袖無につっかけ履きだ　こうして立っているともう二度と　あなたに逢えないような気がしてくる

あなたと一度は逢ったのだろうか　逢って　さようならと言ったのだろうか　あなたがどんな人かもうわからない　二度と逢うことのないあなたがどこかで私を慰めようとしている　白い寂しい明りがこんなにたくさん　私のぐるりに咲いている

たくさんの水の明りに沿って庭のぐるりを歩いた　吐いたり吸ったりする空気は水煙のように白く毳立って流れた　流れる音が耳には聞こえず　ただどうどうと目に見えるようだった　燃えているか　溺れているかどちらかだ　あなたとは爪を剥ぐようにして別々になったのだ　ここへ来るずっと前に　水煙のような空気がどうどうと逆巻いて目に見えるものを覆っていく　なにも見えなくなる前に白い花を掬って掌に泛べる　悲しみだけが残る

抱擁

水を堰く　水を抱えこむ　すでに私の隅々まで　張っているとしても　水を引寄せる　水にしなだれる　渇仰の記憶を永遠に　溺死させるまで／流れない水　柱のように剛直に私を貫く水　いつまでも在りつづけて私を見張る　かつてあなたの見放した隙に　私の聲がたちまち干涸びたので　あなたは怯えて水を呼びこんだのだ
もう二度と渇いてはならない　これからはどこを切り裂いても　みるみる滲みだし溢れて　私を損う手をどこまでもつけ狙い見失わないように

深まる愛に追いつめられて　堰を切るだろう　だが誰の息を止めるというのか　素手をかざして立ち塞がる人を　薙ぎ倒せとでも　もう一滴　まだ耐え切れないはず

はないからもう一雫　満ち足らされる感覚におののきながら　私の無力を試している／遠いどこかの斜面をとてもゆっくり　降りてくる人のかたちしたもの　だが水だけが私を抱きすくめてくれる　相変らず　むしろ自らばらばらに解け押し流されていこう　手を差伸べるその脇の下をかいくぐり　もうあなたは見放さないに違いない　解かれた私がどこまでも在りつづける水の嵩

冷水珊瑚

深紫の水を透かして骨格を伸べる　深紫色を籠めて私は生長していく　一年に桜貝一枚分ほど　あるいはもっと遅々と　ほとんど変化しないことの現身として堆い水嵩を支える

私をとり巻くものは暗い水　冷たい圧力　音は耳鳴の轟きとなって近づいたり　遠のいて流れる　忘れることも思い出すこともない年月を通してほとんど人に知られず　人を知らず　隠されてほとんど置物のようないのちを　生きて

光を知らないというのか　そうだ知らないのだろう　それはどこからくるか　長い遠い渇きの道の涯に濡れたように顕れるのか　飛沫のように割れ　熱い鋭い滴りとなってあらゆることどもに注ぐのか　私もまたことどもではないだろうか　深紫の

枝を広げ思いを籠めて　待ちつくしているのではなかったか
私の枝に水が触れて撓う　見たことのない光と同じくらい遠く　それはいたみ　ほとんど呪に似た憧憬だ　堆い水嵩の底からたちのぼる欣求が　あらゆることどもの喉を開いて　私だけが知らない光の名前を呼ばせるのだ　光よ私に届くな　私はここに　深紫の不可視の底に　ほとんど生きないことの現身として匿われる　いのちを

転生

いちめんの闇のなにを合図にか　水底を蹴って浮上しはじめる／つ　と確信をこめて伸ばされた爪先が測っていく長いながい一瞬／胸元にゆるく膝をかかえ生れ出るものの姿態で／聴く　ぽうぽうと内を外をなぞり過ぎていく水嵩の／聲

わたしは
どこからくるか

わたしへ
なぜ

くるのか
きのうの裏切をしらない　とでもいうように
それは新しいか
はてなく未知を乞うて腕を差伸べているか
往き旧りた日はいかに慰んでもう恨んでいないと
証しするのか
応えられない問いのかたちして水はぽうぽうと　おまえの眼から耳からさらぬだに
／ぽうぽうと
なぞられ過ぎられるにまかせて上昇していく　漆黒から墨紺へ　藍　瑠璃群青の蘇
生の岸辺へと

ああ

水面にくちづけ最初の呼吸をする刹那　純白の蓮華を視る／誰も立ち会わない薄明
の黙契／急速に遠ざかっていく問いの聲音をはやくも忘れて／ただ一度赦されて
かならず裏切らずにいられない一日を　ひたすら／咲く

あとがき

聴くことがひたすらな受容であるなら、視ることはずっと能動的であり、時として暴力的でもある。夢は「みる」と言う。だからだろうか、私の夢はきてれつで馬鹿馬鹿しいだけでなく、往々にして残忍で酸鼻だ。

若い頃から、夢を作品化せずにいられない。私の内なる残忍で摩訶不思議な蠢きを祀り、鎮めたいのかもしれない。だがその企みはいっこう成果を上げぬとみえて、今も盛んに浅ましく夢を見る。

前詩集『耳として』に収めた作品と並行して書いてきた散文詩を中心にまとめた。「敵」「冷水珊瑚」以外はみな夢の話。シャロットの塔の鏡に映ったうつせみの物語である。

上野芳久・田川紀久雄両氏のご縁で、七月堂に本作りをお任せすることができた。

担当して下さった岡島さん、社長の知念さん、大変お世話になりました。今回も装画は梅崎幸吉氏の作品。私の顔の絵である。描いてくださって、ありがとうございます。

二〇一七年　野間明子

野間　明子（のま　はるこ）

一九六二年　広島県呉市生まれ
一九七九年　『風化する前に』私家版
一九九〇年　『玻璃』瀧林書房
二〇一三年　『耳として』瀧林書房

現住所　〒一六四―〇〇〇三
東京都中野区東中野五―二二―六―二一四

蒙昧集

二〇一七年一〇月一八日　発行

著　者　野間　明子

装　画　梅崎　幸吉

発行者　知念　明子

発行所　七　月　堂

〒一五六―〇〇四三　東京都世田谷区松原二―二六―六
電話　〇三―三三二五―五七一七
ＦＡＸ　〇三―三三二五―五七三一

印　刷　タイヨー美術印刷

製　本　井関製本

ISBN 978-4-87944-292-5　C0092